刻《とき》の隙間から

Tateiri Tomi

建入登美詩集

土曜美術社出版販売

詩集　刻《とき》の隙間から＊目次

カバー・扉画／著者

詩集　刻《とき》の隙間から

I

冬木立

雪の野を走り
雪の林を抜けて
雪の山道にさしかかる

行く先の空を
ゆったりとはばたきながらよぎる　数羽の鳥
その鳴き交わす声が
凍てつく風景に　わずかな彩りを添える

あら　あれは
言いかけて
答えるひとのいないことに気づく

わたしの呟きは　狭い車内をさまよい
行きあう車の轟音に紛れ
やがて空へ舞い上がっていった

白鳥だね
ふいに　懐かしい声が返ってくる

ひとしきり　わたしたちは
いつものように
語りあい　笑いあって

それは　ひと粒の涙になって
頬を流れていったが

存在と不在とのあわいに
ひそかにあるものが
わたしの胸に　小さな灯をともす

いちめんの　雪
すっくと立つ　木々
高みを翔る　鳥の群れ
凜とした　大気のなかで

ものがたり

庭の片隅に立つマテバシイは
年ごとに　枝を伸ばし葉を繁らせて
初夏には　勢いよく吹き出た若緑の先に
地味な淡黄色の花を咲かせた

木陰で　午後のお茶をいただきながら
わたしたちは　そこで
なんと多くの時を過ごしたことだろう

あなたは　世界情勢を語り
専門分野から　文学　スポーツまで
尽きない話題を繰り広げて
わたしは　それを
ただ　聞いているのが　好きだった

木もれ陽がゆれて
テーブルの上に　ちらちらと　模様を描き
小鳥が　あいらしい声で　さえずりあい
ときおり　微風が　頰を撫でてゆく
季節ごとの香りに満ちていた　木陰で

来年も　再来年も　ずっと
いつまでも　続く　と思っていた

この冬　あなたは
まだ語りつくしていない筈の　多くの言葉を
胸深く　しまい込んだまま
ふいに　旅立って行った

何事もなかったかのように
季節は巡ってゆき
いつのまにか
また　新緑が　庭を覆い始めている

明日　わたしは
マテバシイの大木を　伐る

樹

さわさわ　さわさわ
夜半　かすかな音を　聞いた

ああ　あの樹の
目覚めたわたしの胸は
たちまち　夥しい葉に覆われて　翳った

これは　少し　丈を詰めましょうか
やさしい眼差しをした庭師が
片隅に立つ樹の太い幹に手を添えて　そう言ったとき

根もとから　伐ってしまってください
わたしは　きっぱり　答えた

二階の屋根よりも高くなってしまった樹に
狭い庭は　日差しが遮られ
何軒も先の家々にまで散らばる落ち葉を
気遣う煩わしさにも　疲れ果てて

樹は　数人がかりで　ばっさりと伐られ
運ばれていった
ほんの短い間の　できごと
わたしは　さよならも告げなかった

春はすぎ　夏もゆき

かつて樹のあった　その空間には
常に　陽光があふれていたが

木陰で　お茶を飲んだり
話しあい　笑いあっていた　わたしたちの
たくさんの　思い出までも
あのとき　わたしは　切り捨ててしまったのだ

暗闇のなかで　ひとり
はるか彼方から届く
さびしい葉擦れの音を　聞いている

樹よ　いとしい日々よ

秋の潮

手紙を書こうとしたが
言葉が見つからなくて
悲しみばかりがあふれてきて

ふと　便箋の上の小さな石を
手のひらに　のせる

濃淡のグレーが　ほどよく混じりあい
ところどころに　きらっと光る部分がある

控えめに寄り添ってくるような　楕円体
そのあたたかみのある感触が好きで
長年　文鎮のかわりに使っていた

いま　ひとりの部屋で
石を握りしめていると
重みの加わるあたりから
しずかにしずかに　聞こえてくる　潮騒

わたしたちが暮らしていた　海辺の街
バス通りを北へ歩き
はじめの交差点を右に曲がる

松林に潮の香りが満ちていて

ふたりの会話には
いつも　波音が戯れていた

浜へおりる　雨上がりの道の
濡れて光っている　小石*

わたしの想いは　ふいに　止まってしまう

胸の奥に　松風が吹き込んでくる
引き返しようもない歳月の痛みとなって
渦巻きながら

小石を拾うわたしの傍らで
微笑んでいた　ひとよ

はるかな沖の　潮の青さよ

＊詩集『波形』の「地図」より

木槿《むくげ》

どこからか
見つめられているような気がして
振り返ると
おくれ咲きの花が　二つ三つ
ひっそりと　ひらいていた

立ち止る　ほんのすこしの間に
あたりに　薄闇がおりてくる
風が　小さな渦になって

足もとを　吹き抜けてゆく

あれは　いつのことだったろう
こうして　ここに立ち
花を見ていたことがあった
今と同じ季節　同じ黄昏どきに

淡い紫いろの　花びらが
まるで　ふたりの会話から
こぼれ落ち　忘れられた　言葉のように
さびしげに揺れていたのを
胸の奥に　痛く思い出している

あれから　花は落ちて　土に眠り

木は　ふたたび　新しい蕾をふくらませ
はなやかに　夏を彩り
やがて　また　秋を迎え

花の傍らで　わたしたちも
小さなよろこび　かなしみを　繰り返して
幾歳月を過ごしてきた

丈が高くなった木の　重なりあった葉の上に
届かなかった　言葉が
もう　永遠に届くことのない　言葉が
闇のなかに　溶け込もうとしている

刻《とき》の隙間から

初冬のやわらかな陽光が
テーブルに幾何学模様を描き
さざ波のようなピアノ曲がそよいで
片隅で　数人の女性客が
食後のコーヒーを囲んで歓談している声も
心地よい　昼下がりのレストラン

やがて　そのグループも
帰り仕度をして出てゆき

わたしは　贅沢な空間をひとりじめして
遅めのランチをとる

お久しぶりです　今日は　おひとりですか
マスターが　微笑んでいる

そういえば　ここにくるときは
いつも　傍らに連れがいた

ある日　わたしの前から　永遠に
姿を消してしまった　ひとの
形の　在ったところに
ふと　できた　隙間

カーテン越しの　陽ざしの帯が
フォークを握る手もとに　届き
やさしく揺らぎながら　わたしを染めてゆく

存在とか不在とか　真実とか否かとか
そのような振り分け方など　何もない
はるか遠い空から降りそそぐ
のどかな　言伝て

いいえ　今日も　一緒です

窓の外には　燃えあがる　紅葉の木々
ふうわりと　鴇色の雲　ひとひら

杜鵑《ほととぎす》

お久しぶり　お元気でしたか
控えめに　呼びかける　声

振り返ると
枝垂れる青葉の下に　微笑むひとがいる

ほんとうに　しばらくでした
わたしたちは　あふれてくる思いを語りあい
些細なことで笑いころげた
あの頃のように

声は　なおも　とぎれとぎれに続いて
読みかけの本を開いたまま
まどろんでいたわたしを　やさしく目覚めさせる

窓のそと　夜半すぎの闇のなかから
低く　囁くように
キョッキョ　キョッキョキョキョ

　ああ　会いにきて下さったのね
わたしのつぶやきは　遠ざかる鳴き声を追って
暗い木立ちの間をさまよい　夜の静寂の果てへ

机の上に　ひとしずく　涙の跡を残して

月の光に

深夜　リビングルームから招く声がする
ドアを開けてみたが　誰もいない

片隅に佇んでいると
天窓よりほのかな光がさし込みはじめる

光はテーブルの端を染め　少しずつ移って
まんなかに飾られた　花瓶の薔薇を
ほうっと　浮かび上がらせる

部屋のどこかで　かすかな気配がして
こちらの椅子に　向かいの椅子に
ひとり　また　ひとり
テーブルを囲んで　ほほえみをかわしあい
和やかな会話がはずみ
あわあわと　月いろに彩られる　刻

やがて　月が渡ってゆき
天窓の形をした明るみは端のほうから翳りはじめて
つい　と　姿を消す
ひときわ　香りを放って
花びらが　はらりと　落ちる

あたりは　ふたたび　青い　静寂

雪原

聳え立つ山々から吹き下ろす
雪まじりの風が
激しく襲いかかる　白い野を
いつか　わたしは
たったひとりで
歩いてゆかなければならないだろう
一匹の　老いた狐のように
ひっそりと

かつて
漲る力をうねらせて
疾走したあたりは
もう　確かめようもなく

胸奥に今も疼く痛みは
幾重にも包んで　さらに底深く隠し入れ
ひとに贈られた　やさしさの衣だけを
身にまとって

歩くそばから
たちまち消えてゆく　足跡を
ときおり　振り返り見つめたりしながら

風が止んで
ひとすじの陽光が
雪の野を　ほんのり紅に染めあげる

ゆく先は　あの林
淡いすみれ色に　翳っているところ

わたしは　天を仰いで
かすかにほほえみ　頷くだろう
一匹の　老いた狐のように
ひっそりと

II

たそがれどきの小径で

目に見えないけれど　誰でも持っている
果てしなく大きくて
きっと　ふうわりと丸い

こころって　どんなかたちをしているの　と
いつか読んだ絵本のなかの文字を
深い意味もなくたずねた　子どものわたしに
どう説明したらよいのか　戸惑いながら
青年は　答えた

その円のどこかで
　たくさんのひとと　繋がっている

半世紀以上経ってから思い出した会話が
今ごろになって
やさしく　わたしを包み込み

ときには
耐えられないほどの悲しみや
抑えることのできない怒りで
わたしの持っている丸いかたちが
激しく　ゆらめき　歪んでしまっても
言葉は　そっと　寄り添い

綻びを　繕ってくれる

あの日と同じような　真夏の
たそがれどきの小径で
こんばんは　と声がする
すれ違いながら　わたしも挨拶をかえす

おぼろげに遠ざかる　見知らぬひとの大きな輪に
見送るわたしの輪が　ほんの少し　触れあう

芳しい花の香りのなかで

秋知草《あきしりぐさ》

やわらかな明かりに
抱きしめられたような気がして
振り返ると
地に届くほどにしだれた萩の
淡い紅紫の花びらが
あたりを照らしている

　秋知草というのよ
花のなかから　母の声がした

さびしい花ね
そっけないわたしの呟きが
あのとき　母には　聞こえていただろうか

しずかに　しずかに
秋を纏いはじめた風景に
さりげなく溶け込んで
控えめな色を添える　萩

その花は
わたしたちのまわりに　いつも
あたたかい灯をともしながらも
ときおり　さびしげな微笑《びしょう》を浮かべる母に

どこか　似ていた

あれから　わたしの上に　幾たびも
花は開き　花は散っていった

秋に生まれ　秋に逝った母の
かなしみも　よろこびも
いまなら　共感できそうな気がする

　今年も　きれいに咲きましたよ　お母さん

百年目のひと

木陰でクローバーの花飾りをつくりながら
手をつないで野道を散歩しながら
いっしょに湯船につかりながら

祖母は　身近なものから
楽しい物語を紡ぎだしてくれたので
小さなわたしたちは　いつも
目を輝かせて　言葉を待つのだった

でも　一度だけ　そのときのわたしには
ただ怖いばかりで　理解できない話があった

蒸し暑い　ある夏の夜のこと
兄たちにせがまれて　祖母は話しはじめた

みんなが眠った夜更けに
そうっと障子を開けて近づいてくる足音がしたの
それは　蚊帳の外にひっそりと座って
「百年目でございます」
かぼそい声で　ひとこと呟くと
ひたひたと白い着物を引きずって出て行きました

ゆうれいの話さ　つくり話だよ

下を向いて震えているわたしに　兄が言った

いいえ　つくり話ではないのですよね　おばあさま

百年の昔に
この地で　育まれていた　日々の営み
いつくしみ　温めあった　季節
残された　たくさんの思いが　立ち上がり
ある日　ふうわり　訪ねてくることがある　と

どこにいても　ふと感じる眼差しのように
それは　やさしく　いとおしい気配を纏って
語りかけてくるのですね

窓辺の椅子に

そのとき　少女は
椅子に座って　読書をしていた

光りかがやき
あるいは　ふいに翳り
はにかみと意思のつよさが
よぎっては　消えてゆく
うす紅色の　頬

わたしは　しばしば　筆を止めて
少女の心のうちに
さわさわと流れる　せせらぎを　聞いていた

描けないままに　ときは過ぎて
窓外の風景が
少しずつ色を変えてゆくのを
ただ　見つめていた

そよ風のような微笑を残して
少女は立ち去り

他のたくさんの画布とともに
しまい込んで忘れていた　未完成の絵を

いま　三十年ぶりに　壁に架けてみる

窓辺の椅子に
少女は　もう　いない

それなのに
もっと　身近で
もっと　いとおしくて

置き忘れてきた　あのときの
きらめく　木の葉
陽ざしにたわむれる　せせらぎ
吹き込んでくる　花のかおり

青く揺らぐ　影の紋様

小鷺

暮れの街で出会ったひとは
声をかけると　首を傾げ
会釈して通りすぎて行ったが
わたしが誰なのか　思い出せないようだった

少し背をかがめたひとの
うしろ姿を見送りながら　わたしは
かつてそのひとと交わした言葉と
ともに過ごした記憶のかずかずが

枯葉のように
こぼれ落ちてゆくのを　見つめていた

雪まじりの突風が　わたしを包み込み
激しく揺すり　渦を巻いて走り去った

風に喘ぎながら　いつもの坂を下り
いつもの小さな橋を渡ったとき
ふいに　草むらから飛び立ったもの

鳥は　真っ白い羽を広げて
降りしきる雪の空へ舞い上がり
ひとしきり巡ると
ふたたび岸に下りてきて

そのまま彫像のように動かなかった

わたしと鳥は　向かい合って
けれども　お互いを見ることもなく
どのくらいの間　立っていただろう

わたしの内奥の　欠けた部分に
一羽の鳥が棲みついたのは
そのときからだ

天窓

朝食後のコーヒーをいれて
ガラス越しの空を見上げる

軽やかな足音をたてて
一羽の雀が　天窓を横切ってゆく

応答する数羽の　愛らしい会話
行き来する　小さな足の裏
競うようにつぎつぎと飛び立つ姿

長年　代わり映えのしない　光景だ

毎朝　慌しく家族の食事を整え
それぞれを送り出したあとに
コーヒーを飲みながら
こうして　ひとりで天窓を見ていた時間を
昔　わたしの空白なひととき　と
詩に書いたことがあった

けれども　それは　むしろ
宝もののような贅沢なひとときであったのだろう

そして　わたしは　見落としていた
朝日に彩られた窓の片隅に　そのとき既に

ほんの少しの翳りが生じていたのを
食卓に落ちた　影は
歳月とともに　暗く大きくなって
ときおり　わたしは
呑み込まれてしまいそうな不安に怯える

ふたたび天窓を叩く音がする

長い枯れ草を銜え
ひたすら巣へ向かって跳ねる　小鳥の
躍動する背羽が　黄金色にかがやいている

群青

疎らに立っている　松の木の
枯れかけた枝が
千切れてしまいそうなほど激しく揺れている
暴風にすくんでしゃがみ込んだ　わたしの
顔に　背に　腕に　足に
叩きつける　砂礫
もっと　強く　打てばよい　もっと　もっと

これくらいの痛みには　耐えられる

まだ寒さの残る　あの春の午後に
突然　大地震が起こり　津波が襲った
荒れ狂った波は　松林を越えて
家々を根こそぎさらい　人々を呑み込んだ

夜半　わたしは　度重なる余震に怯え
凍りつくような冷気のなかで
窓を開けたまま横になった
地上の明かりはすべて消えて
いちめんの星が光っていた

つけっぱなしのラジオで

ひときわ悲痛な声が繰り返されていた
海辺に多数の人が打ち上げられています　と

ここは　そのときの　浜だ

わたしは　両手を置いて　眼を閉じる
砂を　手のひらにすくう
風が　たちまち　吹き飛ばしてしまう

ざざあ　ざざあ
幾重にも連なって打ち寄せる白波の　叫び
はるか彼方には
悲しみの眼差しを湛えて広がる　群青の　海原

みどり

覚えたての　ひと言が
張り詰めた空気を　さらりと和らげる

小さな指がさし示しているのは
枯れ色の風景のなかに
ほんの少し季節を先取りして
萌えはじめた　若草

ここには家があった

あちらには病院が
向こうには学校が

もう　何もない
所どころに土台だけを残して
あの日　津波が浚っていった

朝ごとに新聞を広げて
放射線量を確かめるなんて
買い物をするたびに
汚染を心配するなんて

こころ穏やかに暮らせる
以前のような日々に戻るまで

数十年もかかるなんて

はるかかなたの暗い海面に
雲間から　ひとすじの光が差している
その辺りに揺れている　かすかな明るみ

ひと群れの緑のほうへ　まだ伸ばしたままの
あいらしい　やわらかな手を
そっと　包む

わたしの手のひらから
幼いものの手のひらへ
温もりに　祈りを込めて

Ⅲ

夏帽子

誰もいない　夕映えの公園は
いちめんの　草の波

ぶらんこが　長い影を落として
ひっそりと　揺れている
腰かけの端に
花飾りのついた夏帽子を　のせたまま

忘れられたのではないのよ

金木犀の香りのなかで
帽子は　うっとりと空を見つめる

ここで　ゆうらゆら漕ぎながら
歌っていた　小さなあの子の
肩を　そっと押したの
すてきな明日へ　飛んでゆきなさい　って

それから　いつくもの（明日）がきて
ぶらんこに寄り添うように
咲き競うコスモスの花群れが
萎れかけた帽子を

マゼンタ色に染めあげる

ほら　聞こえるでしょう
かわいい歌声が

帽子は　少し背伸びをする

草の葉を翻してわたる風が
光の飛沫を撒き散らしながら
鮮やかな紋様を描いてゆく

あの　向こうから
（すてきな明日）のほうから

縄文の空

奥まった薄暗い展示室の中央に
すっくと立つ　土偶

膨らんだ乳房と腹部
突き出た腰には文様が施され
縞のパンタロンを纏ったような
すらりとした脚

平たい帽子を思わせる頭部の下には

顔の造形はないけれど
陰になった部分が　静かに前方を見つめている

その眼差しの先に
しばらく前から　佇んだまま身動きもしない
ひとりの　少女

やわらかな照明の輪のなかで
少女は　土偶を見上げて
ひっそりと　語りかける

ふたりの間に　やさしく行き来する
四千五百年の　春

あたりに　あふれてくる　花のかおり

ひとひら　また　ひとひら
ふうわり　舞い込む　桜の花びら
誘いあい　頷きあって
土偶の周りを　ゆるやかに巡り
少女の頬を　かすめて

窓の外へ
真っ青な　縄文の　空へ

（山形県立博物館・縄文の女神）

光の飛沫をあげて

この深鉢は製塩土器といって
海水から塩をつくるときに使ったものです

三十センチほどの鉢に鈍い照明があたっている
欠けている部分もあるが
細かい破片がていねいに貼り合わされ
ゆるやかに口の広がった　美しい形だ

あちらの浅い大きな皿の上には

木の実が盛られていたのかもしれませんね

ひそやかに交わされていた声が
ひとかたまりになって移動してゆき
薄暗い展示室は　静まりかえる

ひとり取り残されて　なおも
並べられた土器と向かいあっていると
側面に装飾された渦巻き模様のひとつから
逞しい腕が現われる

黙々と土をこねる後ろ姿がある
形をつくりあげる指先が見える

平らな石の上で　胡桃を割るひともいる

ふいに　わたしの脇を掠めて
窓外へ走り出る　こどもたち
笑いさざめきながら
陽のふりそそぐ野原の方へ
秋草のしげみをかきわけ
あたりいちめんに　光の飛沫をあげて

ほら　ゆれている花々のなかから
いっせいに振り返り　呼びかけてくる
懐かしい　縄文の言葉で

白亜紀の風

雑踏を逃れて入った小路の
洒落た民芸店から　招く声がする

このあたりでは　見かけたことのない
異国情緒あふれる　織物
カラフルな　装飾品
店の奥へと誘い込む　かおり

行き止まりのショウケースのなか

きらめくアクセサリーに囲まれて
ひっそりと　それは　あった

手のひらに乗るほどの　アンモナイト
磨かれた殻は　中央から渦巻きながら
少しずつ大きくなってゆく部屋のようなものを
鮮やかに浮かび上がらせ
ひとつの　静かな眼差しになって
わたしを捉えて　放さない

夜半　木枯らしの音に目覚めて
暗闇に眼を凝らしていると
あの　ほの白い巻貝が見えてくる

ゆたかに広がる海で　暮らしておりました
螺旋状に巻いた殻の部屋に
幼期からの成長の記録を包み込んで

とぎれがちに語りかけてくる声を聞きながら
巻貝の刻んできた歳月を思い巡らしてみる
さらに　螺旋状になった　わたしの記憶の
小さな喜びや悲しみ　ふとひとによせた憎しみまで
ひとつひとつをなぞって　それらを今日の殻に包み

海の底から立ち昇ってくる巻貝の長い物語と
マリンスノーのように沈んでゆくわたしの記憶が
揺らめきながら　絡み合う

白亜紀の彼方から吹いてくる　風のなかで

丘の上の

大きく枝を広げた樫の木陰で
いつものように　馬は
古びた柵に顎をのせて　眼を閉じている

葉もれ陽の揺れる　淡い栗色の背
ふうわりと風に靡いている　たてがみ

額から鼻先のあたり
三日月形をした白い部分を撫でると

手のひらから　胸の奥へ伝わってくる
懐かしい　温かみ

見渡す丘の上を　わたしたちは
幾たび駆け回ったことだろう
ときには　いちめんの緑のなかを
ときには　銀色の霧雨を纏い

わたしたちは　いつも
同じ方角を目指してはいたが
それぞれに　異なるものを見つめていた
さびしさとやさしさを持ち寄って
ただ　黙したまま

梢で一羽の小鳥がさえずりはじめ
老いた馬は　うっすらと眼をあける
ほんの一瞬　瞳に青空を映して
呟くように　口もとを動かすが
やがて　長い睫を　ゆっくりと被せて
ふたたび　眠りに落ちてゆく

わたしも　空を見上げる
いま　わたしの瞳にも　映っているだろう
青い　青い　空

海辺にて

しばらくぶりで訪ねた初冬の海辺は
低く垂れ込めた暗い雲の下で
相変わらず砂まじりの強風が
ひっきりなしに吹き荒れていた

海岸線に平行して延びる松林は
防風林としての役割を担って
黙々と横たわり
昔と同じ風景を繰り広げていたが

近づいてみると
どの木も　大きく樹冠が傾き
幹も　いっそう風下に偏って
あの頃より枝が疎らになっている

わたしの胸奥に　いつも
きりりと立っている筈の　一本の木が
ぐらりと　揺らいだ

屈んでも　倒れかかっても
わたしは　うたい続けますとも

傾きながらも

根をしっかりと大地にはって
樹冠が太陽に向いているならば
風景は　ゆがんで見えることなど
けっしてないのですから*

わたしは　何と思い上がっていたのだろう

木々は　歳月を重ねてゆくうちに
空を仰ぐことも　海を眺めることも　なくなって
来る日も来る日も　震えながら風を防いでいたのだ
それだけ　なのだ

＊　詩集『銀鱗』の「偏形樹」より

扉

ミスティーブルーに霞む背景に
ぼんやり歪んでいる白い扉
鈍く光るノブ
ただそれだけしか描かれていない
未完成の　古い絵

しばらくぶりに　イーゼルにかける

レースのカーテン越しに

光と影の織り成す模様が
扉の上に　ちらちらと揺れている

控えめに　ノックする音

　どなたですか
思わず身構えて凝視すると
しだいに翳ってきた陽ざしに
扉の輪郭は　さらに曖昧になり
少し張り詰めた空気が行き来する

　扉は　ずっと閉めきっておくのですか
くぐもった声の問いかけに
ややおいて　はい　と答えながら

かつて　金色のノブに手をかけたときの
かすかなときめきを　思い出している

ぎぎぎと　扉が開いたとたんに
あふれてくるだろう　眩い光　色彩　旋律

けれども

　このままにしておくつもりです
未完成の扉の内側から思い巡らすほうが
たぶん　あらゆるもののほんとうの姿が
見えてくるような　気がするので

新月

新型のコロナウイルスが出現して一年あまり
じわじわと感染が拡大しているという

息を潜めて閉じこもる　街の
ふだんの賑わいを忘れた　乏しいあかりが
折からの季節風に煽られて
ふいっと　消えてしまうことが　ある

その一瞬を　見過ごさないように

眼を凝らして　暗闇を見つめていると
かすかな星あかりに　浮かび上がるのは

黒々と広がる　草原の向こうに
深々と沈黙する　森林
険しく聳え立つ　はるかな山なみ

と　静けさを破って
地響きが　近づいてくる
とてつもなく大きな体をうねらせて歩く
古代の生物たちだ

じゃれあったり　戦ったり　庇いあったり

影絵のように繰り広げながら
やがて　彼らは　くるりと踵を返して
森のなかへ帰ってゆく

姿が見えなくなる前に
いっせいに　振り返り
長い尾の先で　大地を叩いて叫んでいたが

あのとき　悲しみを帯びた木霊のように
あたりを震わせて届いた　咆哮
あれは　何のメッセージだったのだろう

月のない　暗い　夜更けに

芯を抱いて

しっかり巻いている　蕾が
ちらと　動いた

窓ガラス越しに　差し込む
昼下がりの
穏やかな　陽ざしのなかで

誘われて
視線を移すと

ほどけかかった　蕾を
すばやく整えて
何事もなかったかのように
すまし顔

そして
うす紅いろに
ふっと　微笑んだ

形になる前の　ひとつの言葉が
わたしの胸のうちに
ふうわり　浮かんでくる

生まれたての言葉を引き寄せて
わたしは　そっと　抱きしめる

空の上　はるか彼方から降りそそぐ
金いろの　光の帯
揺らぐ　光の粒子に包まれて

シクラメン　と
わたし　との
ひみつの　ひととき

あとがき

前詩集『季の調べに』を出版してから、いつの間にか十年以上の歳月が経ってしまいました。ここ数年、書き置いたままの原稿が増えてゆくにつれて、これらを一冊に纏めるべきかどうかと迷いながら、少しずつ作品に目を通し始めてはおりました。

前詩集出版の半年ほど後に東日本大震災が起こりました。その後に続いたのは、様々な災害、それとともに加速する自然環境や社会情勢の変化。それらの渦にむりやり放り込まれてゆくような落ち着かない時期でした。

このような時代に、詩集などを出版してもよいものかという思いもあって、なかなか決心がつかず、月日が過ぎてゆくばかりでした。

一方で、辛いこと悲しいことに直面したときの、一瞬に身のまわりすべての色彩が消えてしまうような衝撃と、そのまましばらくモノトーンの世界に沈んでいた心に、ゆっくりとあたたかい色彩が蘇ってくる感触のあることを

確かめながら、ごく普通の女性として、ごく普通の生活のなかから感じたものを、ひたすら書きとめていた歳月でもありました。

このたびは、思いがけずに良い機会をいただくことができて、ようやく纏める決心がつきました。

作品は、この十数年間に、「日本未来派」、「北炎」、「山毛欅」、その他に発表したもののなかから選びました。

土曜美術社出版販売の高木祐子様には、たいへん行き届いたご指摘、細やかなアドバイスをいただきました。心からお礼を申し上げます。

また、折角準備して下さったカバー画に変えて、私の拙い絵を使って装丁して下さった森本良成様、ありがとうございました。

これまで、お付き合いの下手な不器用な私を励まし続け支えて下さった友人たち、あたたかく見守ってくれた家族にも、感謝しています。

お読み下さいまして、ありがとうございました。

二〇二三年三月

建入登美

著者略歴

建入登美（たていり・とみ）

詩集『夏潮』（1974年）
　　『つらら』（1980年）
　　『波形』（1988年）
　　『午後の採食体形』（1990年）
　　『銀鱗』（1995年）
　　『鳥の樹』（2000年）
　　『季《とき》の調べに』（2010年）
所属「日本未来派」
　　宮城県芸術協会　宮城県詩人会
　　日本ペンクラブ　日本詩人クラブ

現住所　〒981-0954　宮城県仙台市青葉区川平 3-45-17

詩集　刻《とき》の隙間《すきま》から

発行　二〇二三年四月三十日

著者　建入登美
装丁　森本良成
発行者　高木祐子
発行所　土曜美術社出版販売
〒162-0813　東京都新宿区東五軒町三―一〇
電話　〇三―五二二九―〇七三〇
FAX　〇三―五二二九―〇七三二
振替　〇〇一六〇―九―七五六九〇九
印刷・製本　モリモト印刷
ISBN978-4-8120-2750-9　C0092